PETITS JEUX POUR JOURS DE PLUIE

ISBN : 978-2-412-06431-3
Dépôt légal : mars 2021

Imprimé en Italie par Lego

Couverture et mise en pages : Olivier Frenot
Illustrations de couverture et d'intérieur : Freepik
Relecture : Nejma Rafii et Hélène Boursin

Éditions First, un département d'Édi8
92, avenue de France
75013 Paris – France
Tél. : 01 44 16 09 00
Fax : 01 44 16 09 01

E-mail : firstinfo@efirst.com
Site Internet : www.editionsfirst.fr

PETITS JEUX POUR JOURS DE PLUIE

Laurent Gaulet

FIRST
ÉDITIONS

INTRODUCTION

Rester cloitré à regarder la pluie tomber n'est pas vraiment votre activité préférée ? Alors, en attendant une éclaircie... pourquoi ne pas jouer ? Jeux de lettres, de chiffres, de réflexion, d'adresse, mais aussi activités, animations ou encore gribouillages pour tous les âges... En solo, en duo ou à plusieurs, ces petits jeux vous permettront de patienter en attendant le retour du beau temps mais surtout, vous feront passer des moments agréables et conviviaux !

VENTRIGLISSE

Les jours de pluie, les gastéropodes sont de sortie. Partez à la recherche de quelques beaux spécimens afin d'organiser une course d'escargots ! Chacun son favori.

Après en avoir bien bavé, n'oubliez pas de les relâcher dans leur environnement !

LA MARELLE

Reproduisez cette figure sur une feuille et jouez avec des pièces de monnaie.

Les deux joueurs disposent chacun de 3 (ou 5) pièces. Ils les placent chacun à leur tour, une à une, sur une intersection puis les déplacent, une à la fois et toujours chacun à leur tour, jusqu'à parvenir à aligner leurs 3 (ou 5) pièces !

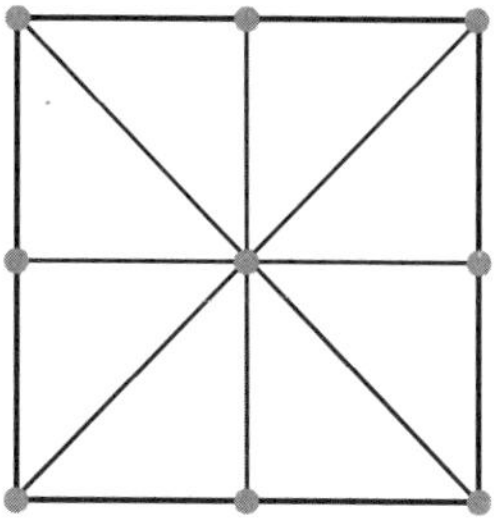

LE PARAPLUIE MUSICAL

Sur le même principe que la chaise musicale, diffusez de la musique et passez de mains en mains des parapluies ouverts au-dessus de vos têtes. Il doit toujours y avoir un parapluie de moins que le nombre de participants. Lorsque la musique s'arrête, celui qui tient deux parapluies ou, à défaut, celui qui n'en a pas, est éliminé.

Variante : Diffusez de la musique et passez de mains en mains un parapluie ouvert au-dessus de vos têtes. Lorsque la musique s'arrête, celui qui tient le parapluie est éliminé.

ESCARGOTS À GOGO !

Combien y a-t-il de « petits gris » sur ce dessin ?

MONSIEUR ET MADAME MÉTÉO

Faites vos prévisions météo pour la France en annonçant, chacun votre tour, le temps qu'il fera sur une région, une ville ou un département. Celui qui prévoit un temps déjà annoncé est éliminé. On ne pourra, par exemple, prévoir qu'une fois de la pluie. On devra ensuite parler de giboulées, d'averses, etc. De même, il est interdit de redonner la météo d'une ville, d'une région ou d'un département déjà cité !

SUDOKU

Complétez cette grille de manière à ce que chaque ligne, chaque colonne et chaque carré de 3 x 3 contienne une seule fois les chiffres de 1 à 9.

			9	2	3			
5	2		7	6	4	1	9	8
	7	6		5				
6		4						
2	5		3			4		6
3	8		2			9		
4						6		
1	6	8						7
			6			8	4	2

BOB ÉPONGE

Posez une éponge sur la tête d'un joueur. Ce dernier parie sur la quantité d'eau qu'il sera possible de verser sur cette éponge sans qu'elle ne dégorge. Pour cela, il indique jusqu'à quel niveau remplir le verre d'eau dont on va ensuite verser le contenu sur l'éponge. Après avoir essoré l'éponge, le joueur suivant est obligé d'indiquer un niveau d'eau supérieur au précédent… Le perdant est celui qui se fait mouiller !

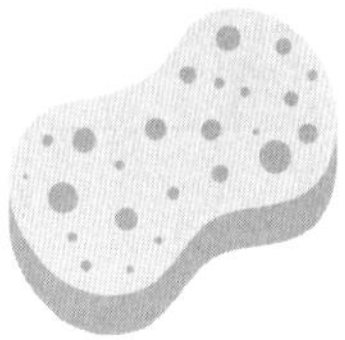

MOT MYSTÈRE

Découvrez le mot mystère en barrant dans cette grille ceux de la liste. Attention ! Les mots s'écrivent dans tous les sens et peuvent se couper.

averses
diluvienne
parapluies
gouttes
mouiller
eaux
escargot
pleuvoir
foudre
orages
tonnerre
escargots
giboulees
grain
humide
temps
meteo

n	e	r	r	e	n	n	o	t	s	g
i	t	p	g	o	u	t	t	e	s	i
a	e	a	a	v	e	r	s	e	s	b
r	m	r	e	l	l	i	u	o	m	o
g	p	a	o	e	r	d	u	o	f	u
l	s	p	s	e	g	a	r	o	m	l
d	i	l	u	v	i	e	n	n	e	e
x	e	u	h	u	m	i	d	e	t	e
u	r	i	o	v	u	e	l	p	e	s
a	i	e	e	s	c	a	r	g	o	t
e	e	s	c	a	r	g	o	t	s	l

BA BE BI… J'AI TOUT BU !

Serez-vous capable de répéter ces phrases avec de l'eau dans la bouche sans en avaler ni en recracher ?

« Beau Bob boude belle Babette. »

« La belle poubelle pleine
de beaux poulpes bleus. »

« Coq en croûte croque. »

BOGGLE

À l'aide de ces lettres, trouvez le maximum de mots de 5 lettres et plus !

G	R	U	F
F	S	T	P
A	E	L	E
P	T	X	M

MA LANGUE AU CHAT

Les yeux bandés, tentez de deviner l'objet que l'on vous tend en le touchant uniquement… avec votre langue !

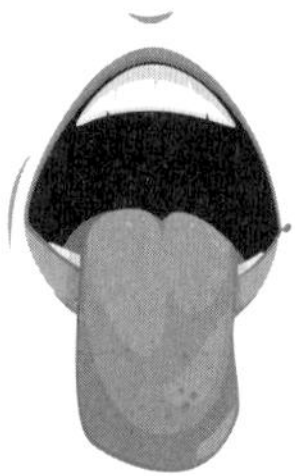

LAM-TURKI

Reproduisez cette étoile sur une feuille de papier. Vous disposez de 9 pièces et vous déposez chacune de ces pièces à une intersection de la figure. Le but du jeu est qu'il ne reste qu'une seule de vos pièces. Pour éliminer une pièce, déplacez-en une par-dessus la pièce à éliminer pour la placer sur l'intersection libre.

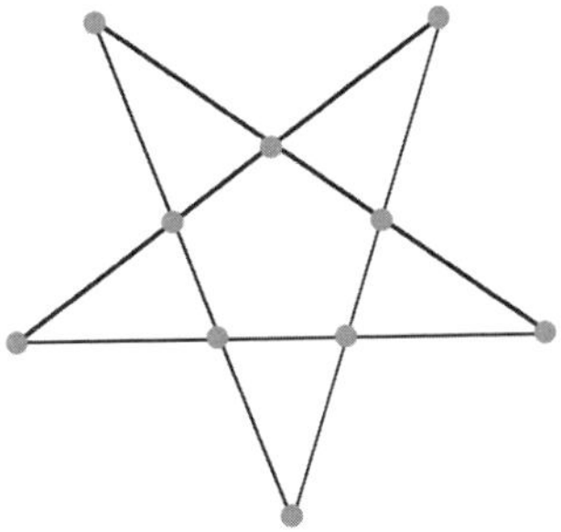

QUI EST QUI ?

Ce temps maussade n'est-il pas enfin l'occasion de trier vos vieilles photos de famille, de commencer à faire votre arbre généalogique ? Et de s'amuser à faire deviner qui est qui en triant les photos ?

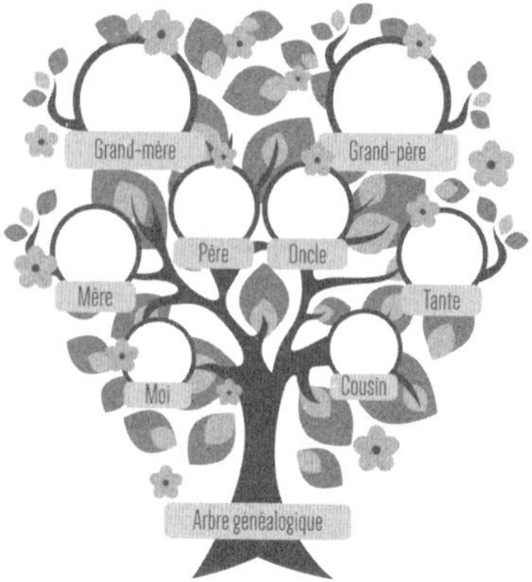

Ô MIROIR !

Servez-vous des carreaux pour reproduire le reflet de cet escargot dans la flaque d'eau.

UNE BOUTEILLE À LA MER

Décryptez ce message sachant que chaque chiffre correspond à une lettre de l'alphabet et à sa position dans celui-ci.

« 12 1 16 12 21 9 5
16 15 19 5 1 20 5 18 18 5
4 5 19 13 9 18 15 9 18 19
1 5 20 15 9 12 5 19 »

JULES RENARD

UN TEMPS À NE PAS METTRE UN CHIEN DEHORS

Chacun votre tour, donnez le nom d'une race de chien. Celui qui sèche devra faire un tour dehors, sous la pluie ! Les autres poursuivent le jeu jusqu'à ce qu'il ne reste qu'un gagnant qui aura la satisfaction d'être resté au sec et de contempler tous ces chiens mouillés… Vous pouvez poursuivre le jeu en remplaçant « le nom d'une race de chien » par ce que vous souhaitez !

KALKULTOU

Trouvez tous les chiffres manquants en résolvant les opérations !

2	+	6	-		+	4	=	6
-		+		+		-		-
4	+		-	6	+		=	9
+		-		-		+		+
4	-	2	+		+	1	=	6
+		+		-		+		+
2	-		+	2	-		=	0
=		=		=		=		=
4	+	7	-	7	-	1	=	3

CHANTONS SOUS LA PLUIE

Chacun votre tour, donnez le titre d'une chanson dont les paroles contiennent le mot « pluie », le verbe « pleuvoir » ou tout autre mot en relation avec la pluie… Les participants qui sèchent perdent et le gagnant est le dernier à ne pas avoir séché.

MORSE

Décryptez ce proverbe en utilisant l'alphabet morse ci-dessous.

.--. .-.. ..- .. .   -- . -. ..- . ,   .-

..- -.-. ..- -. .   --. --- ..- - - .   .--

. . .-. -.. ..- .

A	B	C	D	E	F	G
.–	–...	–.–.	–..	.	..–.	––.
H	**I**	**J**	**K**	**L**	**M**	**N**
....	..	.–––	–.–	.–..	––	–.
O	**P**	**Q**	**R**	**S**	**T**	**U**
–––	.––.	––.–	.–.	...	–	..–
V	**W**	**X**	**Y**	**Z**		
...–	.––	–..–	–.––	––..		

À L'AVEUGLE

Les yeux bandés, serez-vous capable de deviner l'objet que l'on aura mis dans vos mains ?

LABYRINTHES

Trouvez la sortie de ce labyrinthe.

LA GOUTTE D'EAU QUI FAIT DÉBORDER LE VASE

Remplissez un verre d'eau quasiment à ras bord. Chacun leur tour, les joueurs déposent délicatement une pièce de monnaie dans le verre. Celui qui fait déborder le verre a perdu !

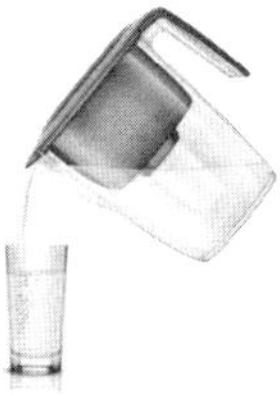

LA MARELLE

Reproduisez cette figure sur une feuille et jouez avec des pièces de monnaie.

Les deux joueurs disposent chacun de 3 (ou 5) pièces. Ils les placent chacun leur tour, une à une, sur une intersection puis les déplacent, une à la fois et toujours chacun leur tour, jusqu'à parvenir à aligner leurs 3 (ou 5) pièces !

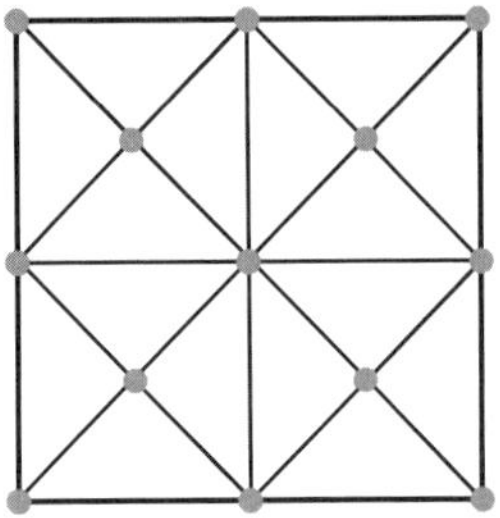

KYRIELLE

Le premier joueur annonce : « Je pars en vacances au soleil et mets dans ma valise... » Le deuxième joueur répète la phrase et la poursuit avec un élément qu'il met dans la valise. Le troisième reprend à son tour la phrase depuis le début et y ajoute aussi un élément. Et ainsi de suite, dans le sens des aiguilles d'une montre, jusqu'à ce qu'un joueur se trompe et oublie de répéter un des éléments qui avait été déposés dans la valise !

MOT MYSTÈRE

Découvrez le mot mystère en barrant dans cette grille ceux de la liste. Attention ! Les mots s'écrivent dans tous les sens et peuvent se couper.

affluents
atlantique
cascades
courant
cours
etang
fleuves
flot
gave
mare
mer
oceans
pacifique
rapide
rivieres
ruisseau
ruisselet
torrent

e	u	q	i	t	n	a	l	t	a	s
e	u	q	i	f	i	c	a	p	s	n
e	r	a	m	r	e	m	r	c	t	a
f	l	o	t	u	v	s	u	a	n	e
r	t	s	o	i	a	e	i	s	e	c
a	n	e	r	s	g	r	s	c	u	o
p	a	v	r	s	s	e	s	a	l	g
i	r	u	e	e	r	i	e	d	f	n
d	u	e	n	a	u	v	l	e	f	a
e	o	l	t	u	o	i	e	s	a	t
p	c	f	l	a	c	r	t	g	e	e

IL PLEUT, IL MOUILLE…

… c'est la fête à la grenouille ! Commencez et terminez toutes vos phrases par « Croaaaaa !!! » Celui qui échoue n'est qu'un vilain crapaud !

Vous pouvez compliquer le jeu en restant accroupis pour vous déplacer…

SUDOKU

Complétez cette grille de manière à ce que chaque ligne, chaque colonne et chaque carré de 3 x 3 contienne une seule fois les chiffres de 1 à 9.

	6			9		1		
	3			4				8
1	7		8		3		2	
	8	4	2	3				
						2	5	6
6					5	4		
								2
8			3		7		9	1
	2			1		8	6	

L'INSPECTEUR

Un joueur observe dans les moindres détails tous les participants et quitte ensuite la pièce. Pendant ce temps, les autres en profitent pour changer de place, modifier leur tenue, s'échanger un vêtement, un accessoire… Lorsque le joueur revient, précisez-lui le nombre de modifications que vous avez effectuées puis c'est à lui de les retrouver !

SANS BAVER !

Poursuivez la spirale à l'intérieur de la coquille de cet escargot en réalisant le plus de tours possible !

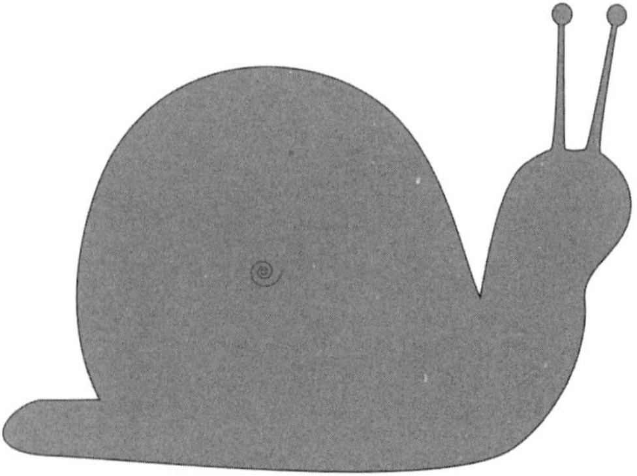

LE CONTEUR

L'un d'entre vous commence une histoire puis, en tournant dans le sens des aiguilles d'une montre, chacun la poursuit…

LE FIN PALAIS

Les yeux bandés, serez-vous capable de deviner ce que l'on vous fait goûter ?

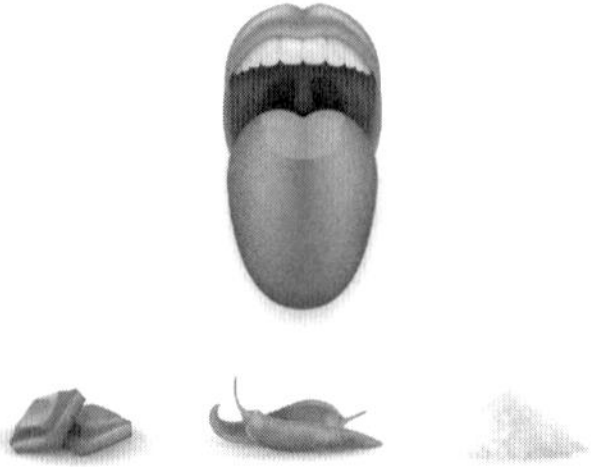

JEU DE MARIENBAD

Disposez 16 allumettes tel que ci-dessous. Chacun son tour, les joueurs prennent le nombre d'allumettes de leur choix dans une rangée. Le perdant est celui qui doit retirer la dernière allumette.

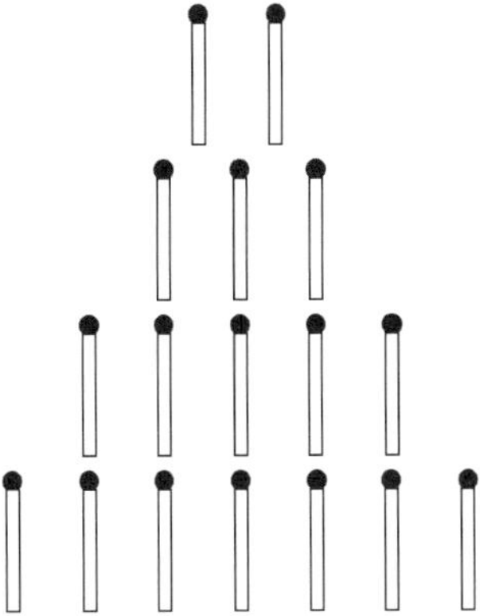

GOUTTE À GOUTTE !

Entrouvrez le robinet d'eau afin qu'il coule au goutte à goutte… Préparez un petit verre ou récipient avec un peu de vinaigre dans le fond, puis pariez sur le nombre de gouttes qu'il sera nécessaire d'avoir pour le remplir ! Le plus éloigné du résultat devra boire le verre d'eau…

BOGGLE

À l'aide de ces lettres, trouvez le maximum de mots de 5 lettres et plus !

Q	A	R	S
L	M	O	N
E	C	P	I
D	P	S	E

LE PROVERBE

Un joueur choisit un proverbe que les autres doivent deviner en lui posant des questions anodines. Dans chacune de ses réponses, il devra inclure le plus naturellement possible un mot du proverbe. Le premier dans sa première réponse, puis le deuxième avec sa deuxième et ainsi de suite jusqu'à ce qu'il n'y ait plus de mots…

UNE BOUTEILLE À LA MER

Décryptez ce message, sachant que chaque chiffre correspond à une lettre de l'alphabet et à sa position dans celui-ci.

« 12 1 16 12 21 9 5 1 5 20 5
9 14 22 5 14 20 5 5
16 15 21 18 17 21 5
12 ' 8 15 13 13 5
19 5 19 5 14 20 5
8 5 21 18 5 21 24
19 15 21 19 21 14
20 15 9 20 »

Sylvain Tesson,
Dans les forêts de Sibérie

AVEC OU SANS « O » ?

Asseyez-vous autour d'une table et disposez au milieu un verre entouré d'une feuille de papier afin de dissimuler s'il est rempli ou non d'eau. Seul le joueur qui dépose le verre décide de son contenu. Entamez ensuite une discussion où il est interdit de prononcer le son « O ». Dès que l'un d'entre vous se trompe, les autres se saisissent du verre et lui jette son contenu à la figure ! Alors… avec ou sans eau ?

QUE DES PÉPINS !

Combien y a-t-il de parapluies sur ce dessin ?

MARABOUT

Le premier joueur donne un mot puis, dans le sens des aiguilles d'une montre, chacun donne un autre mot commençant par la dernière syllabe du mot précédent.

KALKULTOU

Trouvez les chiffres manquants en résolvant les opérations !

7	+		+	1	-	3	=	8
+		-		-		+		+
	-	3	+		-	4	=	2
-		+		+		-		+
4	+		+	2	-		=	5
+		-		+		-		-
	+	3	+		-	2	=	8
=		=		=		=		=
5	+	1	+	1	-	0	=	7

BA BE BI… J'AI TOUT BU !

Serez-vous capable de répéter ces phrases avec de l'eau dans la bouche sans en avaler ni en recracher ?

« Les plus beaux pulls blancs pèlent. »

« La mouche pousse
la mousse moche. »

« Coupe le cake de Kate en quatre. »

LE JUSTE PRIX

Un joueur choisit un objet et donne à celui-ci un prix proche de la réalité. L'autre joueur doit deviner ce prix en faisant des propositions auxquelles le premier ne répond que par « plus » ou « moins ». Vous disposez de 60 secondes, pas une de plus, pour trouver le juste prix au centime près !

RENARD CONTRE POULES

Reproduisez la figure suivante puis jouez avec des pièces de monnaie. Les 13 cercles noirs représentent les poules, le renard est en noir. Les poules se déplacent en avançant, en reculant et sur les côtés. Le renard progresse de même mais aussi en diagonal. Les poules doivent encercler le renard pour qu'il ne puisse plus s'échapper. Le renard doit croquer toutes les poules en sautant par-dessus et en se posant dans une case vide derrière. Il peut, comme au jeu de dames, en croquer plusieurs en faisant plusieurs bonds…

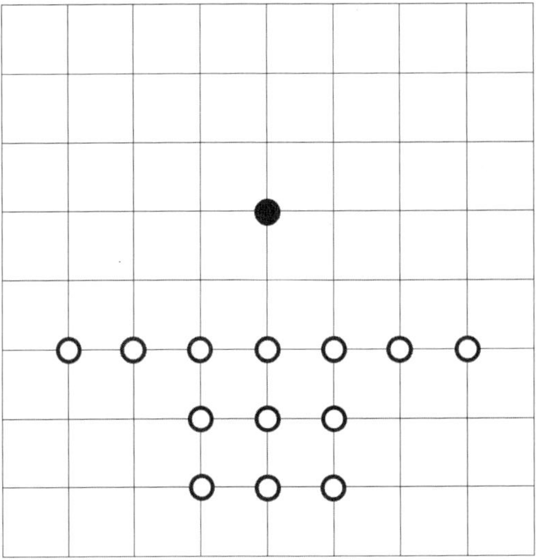

CHANTONS SOUS LA PLUIE

Chacun votre tour, chantez une chanson… sans émettre de son ! Vous êtes aphones, aucun son ne doit sortir de vos bouches, alors articulez bien les paroles pour que l'on puisse lire sur vos lèvres ! Celui qui trouve la chanson gagne et fait marquer 1 point au « chanteur ».

LABYRINTHES

Trouvez la sortie de ce labyrinthe.

SE JETER À L'EAU

Le jeu consiste à faire à l'autre, chacun son tour, un reproche que l'on ne pense pas ! Le premier qui sèche, sous cette pluie de reproches, a perdu.

MORSE

Décryptez ce proverbe en utilisant l'alphabet morse ci-dessous.

.--. .-.. ..- .. .   -.. ..-   -- .- - .. -.

-. .   --. . -. .   .--. .- ...   .-.. .

.--. .- .-.. . .-. ..

A	B	C	D	E	F	G
.-	-...	-.-.	-..	.	..-.	--.
H	I	J	K	L	M	N
....	..	.---	-.-	.-..	--	-.
O	P	Q	R	S	T	U
---	.--.	--.-	.-.	...	-	..-
V	W	X	Y	Z		
...-	.--	-..-	-.--	--..		

QUI SUIS-JE ?

Un joueur décide d'incarner un personnage de son choix et ne peut répondre que par « oui » ou par « non » aux questions que les autres lui posent pour tenter de deviner son personnage !

SUDOKU

Complétez cette grille de manière à ce que chaque ligne, chaque colonne et chaque carré de 3 x 3 contienne une seule fois les chiffres de 1 à 9.

7	6			1				
3		1	2					6
	8		6		5	1		
			1		8	6	2	
			5				7	1
	1			7		5		8
4			7					2
8		5	4	2				
	3	2	8					4

CHAT ÉCHAUDÉ CRAINT L'EAU FROIDE !

Chacun votre tour, donnez le nom d'une race de chat. Celui qui sèche se fera verser un verre d'eau froide dans le cou… Les autres poursuivent le jeu jusqu'à ce qu'il ne reste qu'un gagnant, qui aura la satisfaction d'être resté au sec et de contempler tous ces chats échaudés…

LA MARELLE

Reproduisez cette figure sur une feuille puis jouez avec des pièces de monnaie.

Les deux joueurs disposent chacun de 3 (ou 5) pièces. Ils les placent, chacun leur tour, une à une, sur une intersection puis les déplacent, une à la fois et toujours chacun leur tour, jusqu'à parvenir à aligner leurs 3 (ou 5) pièces !

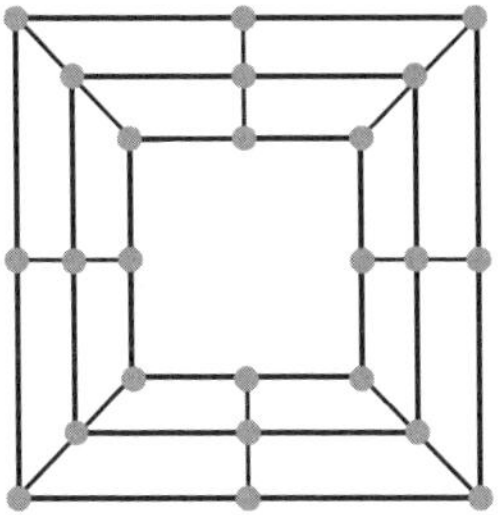

IL PLEUT COMME VACHE QUI PISSE

Qui sera le premier à ne pas résister à l'envie de se rendre aux toilettes ? Donnez à votre entourage l'envie d'aller faire pipi et embêtez ceux qui vous entourent en leur parlant d'eau, de pluie, de robinet qui coule… Et si cela ne suffit pas, faites-leur comme aux enfants des « Pssssss… Psssss… »

CAGOUILLE MOUILLÉE

Lequel de ces escargots a rétracté ses « cornes » ?

PREMIÈRE COUPURE DE COURANT

Les soirs d'orages, il n'est pas rare d'être victime d'une coupure d'électricité… Pourquoi ne pas en profiter pour vous amuser à relever des défis ? Par exemple, gagne celui qui le premier se saisira de la baguette de pain dans la cuisine !

DEUXIÈME COUPURE DE COURANT

De nouveau plongé dans le noir ? Une partie de colin-maillard s'impose et même pas besoin de se bander les yeux !

TROISIÈME COUPURE DE COURANT

Dans cette totale obscurité… pourquoi ne pas finalement vous amuser à vous faire peur ?

ZEN ATTITUDE

La tête collée aux carreaux de la fenêtre, observez les cumulonimbus dans le ciel pour y dessiner des êtres fantasmagoriques ! Et, l'oreille aux aguets, comptez le nombre de secondes qui sépare un éclair du tonnerre pour savoir si l'orage s'éloigne ou se rapproche…

MOT MYSTÈRE

Découvrez le mot mystère en barrant dans cette grille ceux de la liste. Attention ! Les mots s'écrivent dans tous les sens et peuvent se couper.

chavirer
clapotis
couler
deborder
degouliner
filtrer
flotter
gicler
goutter
inonder
jaillir
nager
naviguer
ruisseler
stagner
suinter

v	r	e	t	t	o	l	f	c	a	r
s	i	t	o	p	a	l	c	o	d	e
j	a	i	l	l	i	r	n	u	e	l
r	e	t	t	u	o	g	a	l	b	e
r	e	t	n	i	u	s	g	e	o	s
e	c	s	t	a	g	n	e	r	r	s
r	e	l	c	i	g	a	r	n	d	i
t	r	e	r	i	v	a	h	c	e	u
l	n	a	v	i	g	u	e	r	r	r
i	c	e	s	r	e	d	n	o	n	i
f	r	e	n	i	l	u	o	g	e	d

L'ESSUIE-GLACE

Le meneur de jeu se balance de gauche à droite, tel un essuie-glace. Les joueurs qui lui font face doivent reproduire ses mouvements de va-et-vient. Mais l'essuie-glace connait parfois quelques dysfonctionnements : il s'arrête, repart d'un côté ou de l'autre… Le joueur qui ne suit plus le mouvement est éliminé.

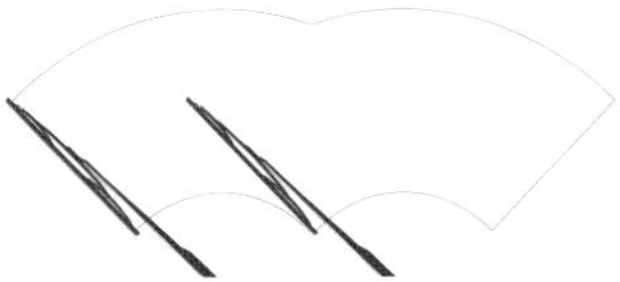

Ô MIROIR !

Servez-vous des carreaux pour reproduire le reflet de ce parapluie dans la flaque d'eau.

LE MOT MYSTÈRE INTERDIT

Vos adversaires décident en secret du mot qu'il vous est interdit de prononcer et vous posent ensuite des questions pour tenter de vous le faire dire. S'ils y parviennent, ils gagnent. Mais si vous devinez le mot interdit… c'est vous qui l'emportez !

TU RIS, TU PERDS !

Affrontez-vous en vous racontant des histoires drôles chacun votre tour. Celui qui raconte l'histoire drôle marque 1 point lorsqu'il parvient à faire rire son adversaire et en perd 1 s'il rigole en premier à sa propre blague !

LE CADRAN TÉLÉPHONIQUE

Imaginez un mot puis codez-le avec les chiffres qui correspondent à ses lettres grâce au cadran ci-dessous. Donnez le nombre obtenu et un indice afin que les joueurs trouvent votre mot !
Exemple : Code : 5 6 1 3 2 – Indice : Météo
Solution : orage

1 ABC	2 DEF	3 GHI
4 JKL	5 MNO	6 PQR
7 STU	8 VWX	9 YZ

QUAND IL CHANTE, IL PLEUT !

Chacun votre tour, trouvez le nom d'un chanteur avec le son « O » dans son nom ! Celui qui sèche… se mouille ! Avec un peu d'eau versée sur sa tête grâce à un verre tenu à la disposition des joueurs… Le jeu se termine lorsqu'il ne reste qu'un seul joueur sec. Vous pouvez bien entendu le reprendre avec d'autres sonorités interdites…

KALKULTOU

Trouvez tous les chiffres manquants en résolvant les opérations !

5	+		+	1	-		=	2
+		-		-		+		+
	-	5	+		-	2	=	4
-		+		+		-		+
2	+		+	1	-		=	6
+		-		+		-		-
3	+	2	+		-	2	=	9
=		=		=		=		=
9	+	1	+	0	-	7	=	3

JEUX DE MIME

Annoncez votre mime : un animal, une personnalité, un personnage célèbre, une ville, un objet, un monument, un film ou une série… Celui qui trouve prend votre place.

CHANTONS SOUS LA PLUIE

Chacun votre tour, mimez le titre d'une chanson de votre choix. Celui qui trouve et celui qui fait deviner marquent 1 point !

TIPOTER

Un joueur choisit un verbe que les autres doivent deviner en posant des questions dans lesquelles le verbe recherché est systématiquement remplacé par « tipoter » et auxquelles le joueur ne peut répondre que par « oui » ou par « non ».

Exemple : « Peut-on tipoter à la maison ? »

LABYRINTHES

Trouvez la sortie de ce labyrinthe.

BA BE BI… J'AI TOUT BU !

Serez-vous capable de répéter ces phrases avec de l'eau dans la bouche sans en avaler ni en recracher ?

« Ce soir, je suis chez ce cher Serge. »

« Ces sept saucissons secs chauds sèchent. »

« L'ours roux roule la grosse roue rousse. »

UNE BOUTEILLE À LA MER

Décryptez ce message sachant que chaque chiffre correspond à une lettre de l'alphabet et à sa position dans celui-ci.

« 3 8 1 14 20 15 14 19 5 20
4 1 14 19 15 14 19
19 15 21 19 12 1
16 12 21 9 5. 20 1 14 20
17 21 ' 5 12 12 5
14 ' 5 19 20 16 1 19
18 1 4 9 15 1 3 20 9 22 5... »

GUY BEDOS

QU'EST-CE QUE TU DIS ?

Un joueur commence un dialogue en commençant par la lettre « A » et, en tournant dans le sens des aiguilles d'une montre, chacun poursuit la discussion avec la lettre suivante de l'alphabet…

SOLITAIRE

Ajoutez une croix pour en réunir 5 d'un trait horizontal, vertical ou en diagonale. Vous pouvez repasser par une croix. Vous pouvez aussi couper une ligne mais pas la recouvrir. L'objectif est de réaliser le plus de traits de 5 croix possible. Le jeu se développe à la fois dans et en dehors de la figure de départ.

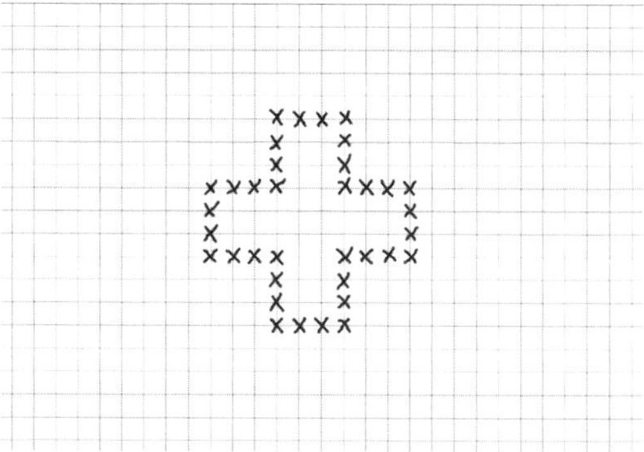

LE MÉTAGRAMME

Le premier joueur donne un mot de 3 lettres. Chacun leur tour, les joueurs doivent donner un nouveau mot de 3 lettres en en conservant que 2 du précédent ! Celui qui sèche ou se trompe est éliminé car à la fin du jeu, il ne peut en rester qu'un…

DANSONS SOUS LA PLUIE !

Chacun votre tour, reproduisez la chorégraphie d'une chanson, sans chanter, dans le but de faire deviner son titre ou son interprète aux autres joueurs.

SUDOKU

Complétez cette grille de manière à ce que chaque ligne, chaque colonne et chaque carré de 3 x 3 contienne une seule fois les chiffres de 1 à 9.

2		5			7		8	
				5	2	3	9	
9	6	7	1		8		2	
	8			1	6			
6		1		7		2		
5		2				1		6
	5					9		
3			7				1	
7	4		3				6	

QU'AVEC LES YEUX !

Cachez un objet que les joueurs ne devront chercher et trouver qu'avec les yeux. Celui qui le découvre vient le dire à l'oreille de celui qui l'a dissimulé, les autres continuent à chercher…

QUE DES PÉPINS !

Combien y a-t-il de parapluies blancs, noirs et gris sur ce dessin ?

MAIS POUR QUI TU TE PRENDS ?

Chaque joueur, chacun à son tour, imagine être une personnalité ou un personnage célèbre et fait des déclarations devant contenir un indice sur celui qu'il incarne. Le but du jeu est de deviner pour qui votre adversaire se prend !

COÛTE QUE GOUTTE !

Sortez sous la pluie, chacun armé d'un verre à eau… Qui parviendra le premier à remplir son verre d'eau de pluie ? Un indice ? Cherchez les gouttières…

BOGGLE

À l'aide de ces lettres, trouvez le maximum de mots de 5 lettres et plus !

L	E	P	D
F	R	I	L
C	A	N	R
N	G	E	P

MATCH SUR TERRAIN COUVERT

À défaut de pouvoir jouer au foot dehors, organisez une partie sur une table. Représentez les buts avec des bouchons, par exemple. Chaque équipe est composée de pièces de 1 ou 2 euros, représentant les joueurs. Le ballon est représenté par une pièce de 10 ou 20 centimes. Chacun votre tour, à l'aide d'une pichenette ou chiquenaude, déplacez un joueur pour mieux le positionner sur le terrain ou frapper le ballon vers le but adverse…

PIPOPIPETTE

La partie se déroule sur toute la surface de cette grille de points. À tour de rôle, les deux joueurs doivent relier deux points adjacents entre eux. Celui qui clôt une boîte (forme un carré) place l'initiale de son nom à l'intérieur puis rejoue et trace un autre trait. Le gagnant est celui qui aura formé le plus de boîtes !

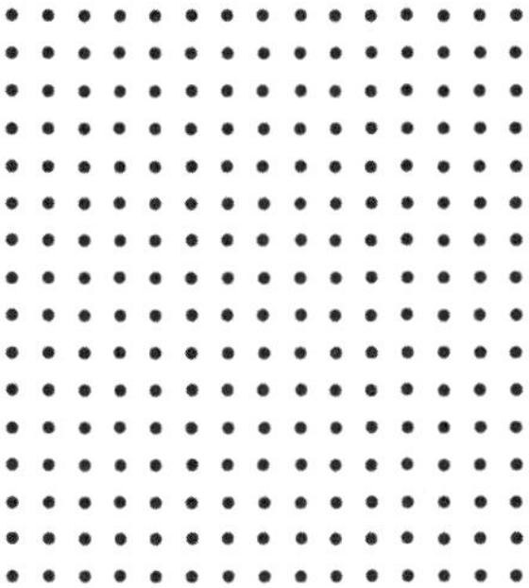

CHANTONS SOUS LA PLUIE !

Commencez une chanson de votre invention que les autres doivent poursuivre, chacun à leur tour en tournant dans le sens des aiguilles d'une montre. Lorsque c'est de nouveau votre tour, inventez un refrain à votre chanson, reprenez-le en cœur et poursuivez *votre tube de l'été* avec un autre couplet.

PROCESSION D'ESCARGOTS

Un escargot n'est pas dans le sens de la marche… Cherchez lequel !

JEUX INTERDITS

Conduire sa voiture pour rouler dans les flaques et éclabousser les gens sur le trottoir, ce n'est pas bien du tout ! C'est peut-être drôle, mais ce n'est pas bien…

MORSE

Décryptez ce proverbe en utilisant l'alphabet morse ci-dessous.

.- -. -. . .   -.. .   .--. .-.. ..- .. .

,   -- .- -. --.- ..- .   -.. .   ..-. .-.

..- .. - ...

A	B	C	D	E	F	G
.–	–...	–.–.	–..	.	..–.	––.
H	**I**	**J**	**K**	**L**	**M**	**N**
....	..	.–––	–.–	.–..	––	–.
O	**P**	**Q**	**R**	**S**	**T**	**U**
–––	.––.	––.–	.–.	...	–	..–
V	**W**	**X**	**Y**	**Z**		
...–	.––	–..–	–.––	––..		

MASQUE HYDRATANT

Ramassez quelques beaux spécimens d'escargots, limaçons et autres limaces… Qui parviendra à en mettre le plus sur son visage ? Et qui parviendra à tenir le plus longtemps ainsi ?

KALKULTOU

Trouvez les chiffres manquants en résolvant les opérations !

7	+	2	-		+	2	=	7
-		+		+		-		-
4	+		-	4	+		=	8
+		-		-		+		+
	-	4	+		+	3	=	2
+		+		-		+		+
5	-		+	3	-		=	4
=		=		=		=		=
9	+	0	-	3	-	1	=	5

GARÇON, S'IL VOUS PLAÎT

Un joueur est le serveur du restaurant, les autres sont les clients. Chaque client passe au serveur la commande de ce qu'il souhaite manger, boire et… le serveur doit tout retenir de mémoire ! Lorsque la commande est terminée, il énumère tout et fait mine de donner à chacun ce qu'il a commandé. Gare aux protestations s'il manque des choses !

COURT MÉTRAGE

Profitez d'être enfermés à l'abris du mauvais temps pour réaliser un court métrage. Écrivez-en le scénario, préparez les costumes et… action ! Filmez avec votre smartphone.

LA MARELLE

Reproduisez cette figure sur une feuille et jouez avec des pièces de monnaie.

Les deux joueurs disposent chacun de 3 (ou 5) pièces. Ils les placent chacun leur tour, une à une, sur une intersection puis les déplacent, une à la fois et toujours chacun leur tour, jusqu'à parvenir à aligner leurs 3 (ou 5) pièces !

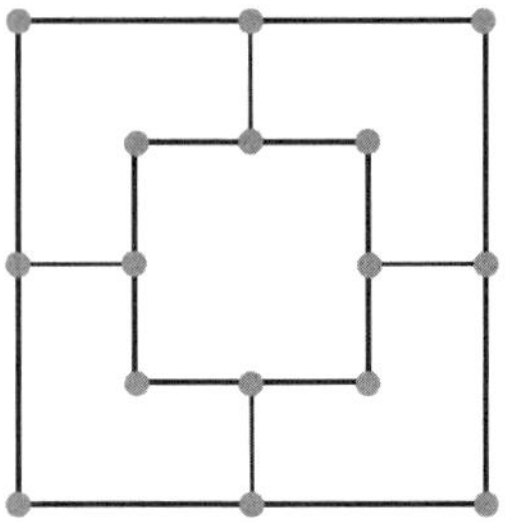

LE KIDNAPPING

Celui à qui on bande les yeux est le « kidnappé ». Les autres, les kidnappeurs, le déplacent dans la maison en ne manquant pas de lui faire faire de temps en temps plusieurs tours sur lui-même afin qu'il perde ses repères. Arrivé à « destination », le kidnappé doit, pour être libéré, deviner dans quelle pièce il se trouve et ce à quoi il fait face.

CHASSE AUX ESCARGOTS !

Quel est celui qui ramassera le plus de gastéropodes à coquille ? Vous n'êtes pas forcés de les cuisiner, pensez à les relâcher !

LABYRINTHES

Trouvez la sortie de ce labyrinthe.

MOT MYSTÈRE

Découvrez le mot mystère en barrant dans cette grille ceux de la liste. Attention ! Les mots s'écrivent dans tous les sens et peuvent se couper.

altocumulus
altostratus
bourrasque
crachin
cumulus
cyclone
flotte
grisaille
houle
nuages
ouragan
tempete
tourmente
trombe
typhon
vent

e	v	o	n	u	a	g	e	s	a	y
n	e	g	r	i	s	a	i	l	l	e
o	u	s	u	l	u	m	u	c	t	f
l	q	t	e	m	p	e	t	e	o	l
c	s	n	a	g	a	r	u	o	c	o
y	a	v	t	y	p	h	o	n	u	t
c	r	e	e	b	m	o	r	t	m	t
a	r	n	i	h	c	a	r	c	u	e
s	u	t	a	r	t	s	o	t	l	a
t	o	u	r	m	e	n	t	e	u	g
e	b	h	o	u	l	e	u	r	s	s

CHASSE AU TRÉSOR

Cachez un objet dans une pièce de votre habitation… Qui sera le premier à le trouver ?

UNE BOUTEILLE À LA MER

Décryptez ce message sachant que chaque chiffre correspond à une lettre de l'alphabet et à sa position dans celui-ci.

« 13 9 5 21 24 22 1 21 20
21 14 2 15 14 16 5 20 9 20
6 18 15 9 4 19 5 3
17 21 ' 21 14 5
13 1 21 22 1 9 19 5
16 5 20 9 20 5
16 12 21 9 5 6 9 14 5 »

PIERRE DESPROGES

BA BE BI… J'AI TOUT BU !

Serez-vous capable de répéter ces phrases avec de l'eau dans la bouche sans en avaler ni en recracher ?

« Ces seize chaises-ci sont sèches ? »

« Grand grigri gras, gros groin gris. »

« Belles balles bleues,
beaux globes blancs. »

Ô MIROIR !

Servez-vous des carreaux pour reproduire le reflet de ce poisson dans la flaque d'eau.

KIM

Le meneur de jeu dispose une quinzaine de petits objets sur la table. Les joueurs les observent pendant une vingtaine de secondes puis le meneur les recouvre d'une serviette. Sur un bout de papier, chaque joueur doit alors dresser la liste des objets dont il se souvient... Le plus rapide à présenter la liste complète des objets au meneur prend sa place.

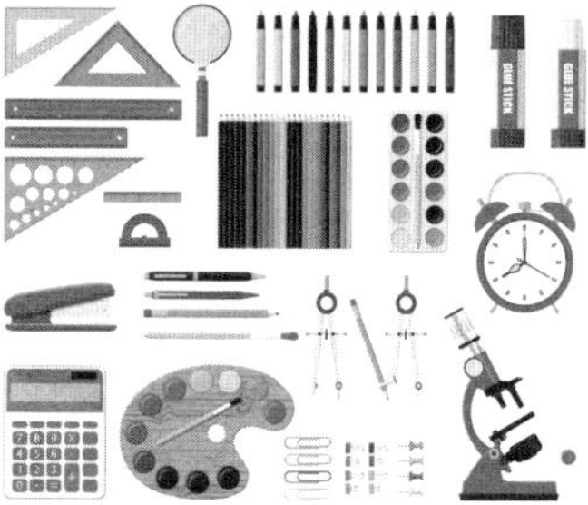

DOMINEERING

Le premier joueur doit relier deux points adjacents horizontalement, le second de manière verticale. Un point ne peut être lié qu'une seule fois ! Le premier qui ne peut plus relier 2 points perd la partie.

RAPIDO-PRESTO

Le maître du jeu choisit une couleur ou une lettre de l'alphabet au hasard et ordonne aux joueurs de lui ramener le plus rapidement possible un objet de cette couleur ou commençant par cette lettre !

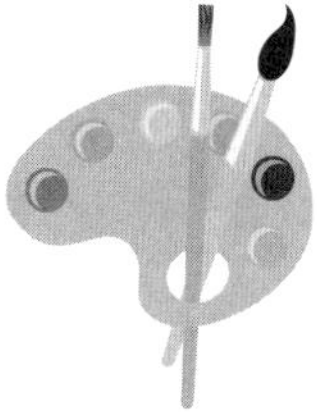

PÊCHE AU VERS

Lorsqu'il pleut, les vers de terre en profitent pour sortir. C'est le moment de partir à leur recherche et de les ramasser. Déposez-les ensuite dans les pots de vos plantes, elles vont aimer ça !

SUDOKU

Complétez cette grille de manière à ce que chaque ligne, chaque colonne et chaque carré de 3 x 3 contienne une seule fois les chiffres de 1 à 9.

5	8	3	2	7	4		1	
				1		3		
	6	4	8					
	2	8	6	4				
9	7					6	4	2
		6						
			9				6	
	3				5		9	
7	1			6			3	

LES QUATRE SENS

Les yeux bandés, un joueur doit reconnaitre ce qu'on lui fait goûter, toucher, sentir et même écouter en frappant l'objet à deviner avec une petite cuillère…

BOGGLE

À l'aide de ces lettres, trouvez le maximum de mots de 5 lettres et plus !

F	V	C	N
E	I	S	P
L	U	A	J
O	E	H	S

....

....

....

....

....

LE TATOUEUR ET LE TATOUÉ

Le tatoueur réalise un petit dessin au stylo (ou juste avec le doigt) dans le dos du tatoué. Ce dernier doit deviner ce que le tatoueur a représenté. Après chaque tatouage, tatoueur et tatoué inversent les rôles.

UNE PLUIE DE COULEURS

Donnez un peu de gaité à ce temps maussade en coloriant, de toutes les couleurs, ces parapluies et ces gouttes d'eau.

BLIND-TEST

Le maître de cérémonie diffuse de la musique… Soyez le plus rapide à trouver le titre ou l'interprète de chaque chanson !

MORPION GÉANT

Chacun leur tour, les deux joueurs inscrivent dans un carré de cette grille une croix pour l'un et un cercle pour l'autre. Le gagnant est celui qui sera parvenu à aligner horizontalement, verticalement ou en diagonale 5 de ses symboles.

MORSE

Décryptez ce proverbe en utilisant l'alphabet morse ci-dessous.

-.-. .... .- --.- ..- .   -. ..- .- --. .   -. .

-.. --- -. -. .   .--. .- ...   -.. .   .--. .-..

..- .. .

A	B	C	D	E	F	G
.-	-...	-.-.	-..	.	..-.	--.
H	I	J	K	L	M	N
....	..	.---	-.-	.-..	--	-.
O	P	Q	R	S	T	U
---	.--.	--.-	.-.	...	-	..-
V	W	X	Y	Z		
...-	.--	-..-	-.--	--..		

SPLASH !

Chaussez de vieilles godasses et sortez réaliser ce que l'on vous a toujours empêché de faire lorsque vous étiez enfants : sauter à pieds joints dans les flaques d'eau ! Très régressif mais ça défoule…

KALKULTOU

Trouvez les chiffres manquants en résolvant les opérations !

7	+	2	-		+	1	=	4
-		+		+		-		-
2	+		-	8	+		=	3
+		-		-		+		+
1	-	2	+		+	5	=	7
+		+		-		+		+
2	-		+	4	-		=	0
=		=		=		=		=
8	+	7	-	7	-	0	=	8

NI OUI NI NON, NI PLUIE NI EAU

Posez des questions auxquelles il est interdit de répondre en prononçant « oui » ou « non » ! Vous jouez chacun votre tour et vous pouvez chronométrer le temps que chacun tiendra sans dire ni « oui » ni « non ». Vous êtes prêts ?

Variante : vous pouvez corser le jeu en ajoutant d'autres mots interdits comme « pluie », « eau »...

LABYRINTHES

8

Trouvez la sortie de ce labyrinthe.

LA PLUS BELLE GRIMACE

Faites un concours de celui qui réalisera la plus belle des grimaces ! N'hésitez pas à faire quelques photos...

MOT MYSTÈRE

Découvrez le mot mystère en barrant dans cette grille les mots de la liste. Attention ! Les mots s'écrivent dans tous les sens et peuvent se couper.

- bateau
- berceau
- bouleau
- chalumeau
- chapeau
- chapiteau
- drapeau
- escabeau
- naseau
- oiseau
- pinceau
- pommeau
- rideau
- roseau
- troupeau
- vaisseau

b	a	t	e	a	u	a	e	d	i	r
t	m	c	h	a	p	i	t	e	a	u
r	e	t	u	a	e	c	n	i	p	a
o	u	a	e	s	s	i	a	v	o	e
u	u	a	e	l	u	o	b	r	m	m
p	e	n	a	s	e	a	u	o	m	u
e	o	u	a	e	b	a	c	s	e	l
a	o	i	s	e	a	u	r	e	a	a
u	u	a	e	p	a	h	c	a	u	h
o	u	a	e	c	r	e	b	u	l	c
o	g	i	u	a	e	p	a	r	d	e

GOÛTER SUCRÉ

Attachez un morceau de sucre aux bouts de ficelles longues d'environ 1 mètre. Chaque joueur se saisit de l'autre bout de la ficelle et la tient coincée entre ses lèvres. Au top départ, le premier qui parvient, sans s'aider de ses mains, à faire remonter la ficelle pour gober le morceau de sucre, gagne !

UNE BOUTEILLE À LA MER

Décryptez ce message sachant que chaque chiffre correspond à une lettre de l'alphabet et à sa position dans celui-ci.

« 12 5 19 16 5 20 9 20 5 19
16 12 21 9 5 19 19 15 14 20
12 15 14 7 21 5 19, 12 5 19
20 5 13 16 5 20 5 19
19 15 21 4 1 9 14 5 19
19 15 14 20
3 15 21 18 20 5 19 »

WILLIAM SHAKESPEARE

C'EST QUI LE PLOMBIER ?

Il y a une fuite d'eau sous le lavabo de votre salle-de-bain ! Et 2 millilitres d'eau s'écoulent toutes les 30 secondes… Quel volume d'eau aurez-vous perdus dans 365 jours ?

BOGGLE

À l'aide de ces lettres, trouvez le maximum de mots de 5 lettres et plus !

T	J	H	D
U	S	O	L
P	E	E	S
A	J	B	R

IL ÉTAIT UN PETIT NAVIRE…

Retournez en enfance en confectionnant des bateaux en papier puis déposez-les sur l'eau qui coure dans le caniveau…

QUE DES PÉPINS !

Y a-t-il suffisamment de parapluies pour que chaque parapluie stoppe une goutte de pluie ?

L'IMITATEUR

Imitez une personnalité ou bien une personne de votre famille... Celui qui réussit à la deviner en imite une à son tour.

SUDOKU

Complétez cette grille de manière à ce que chaque ligne, chaque colonne et chaque carré de 3 x 3 contienne une seule fois les chiffres de 1 à 9.

4	3		2					
1								5
		5	4	6				2
7	9	3			8		5	4
			7		3		2	
			9	5		3		1
3	5	8				2		
6	4		3	7				
	2			8				

PLOC ! PLOC !

Les joueurs doivent effectuer les actions suivantes en fonction des ordres donnés par le meneur de jeu :

« Tic ! » : les joueurs frappent la table avec un ongle.

« Tac ! » : les joueurs frappent la table avec le revers de la main.

« Toc ! » : les joueurs frappent la table avec la paume de la main.

« Plic ! » : les joueurs frappent la table avec leur coude.

« Plac ! » : les joueurs frappent le sol avec leur pied.

« Ploc ! » : les joueurs doivent ne rien faire.

Celui qui se trompe ou hésite trop longtemps est éliminé.

MORSE

Décryptez ce proverbe en utilisant l'alphabet morse ci-dessous.

.-.. .   ...- . -. -   .-.. .-   -. ..- .. -,   .-..

.--. .-.. ..- .. .   .- ...- .- -. -   -- .. -.. ..

A	B	C	D	E	F	G
.-	-...	-.-.	-..	.	..-.	--.
H	**I**	**J**	**K**	**L**	**M**	**N**
....	..	.---	-.-	.-..	--	-.
O	**P**	**Q**	**R**	**S**	**T**	**U**
---	.--.	--.-	.-.	...	-	..-
V	**W**	**X**	**Y**	**Z**		
...-	.--	-..-	-.--	--..		

L'ALPHABET

Chacun son tour, en commençant par la première lettre de l'alphabet, les joueurs imaginent une phrase de 4 mots commençant tous par la même lettre. Les articles, pronoms et conjonctions ne comptent pas comme des mots.

Exemple : Le Parapluie de Papy me Protège de la Pluie.

LE QUART DE SINGE

Le premier joueur donne une lettre, par exemple le « P ». Le second donne une deuxième lettre en pensant à un mot qu'il souhaite former, par exemple un « L » (pour espérer faire « pluie »). Le suivant peut ensuite, par exemple, donner le « A » en pensant à « plante », etc.

Le gagnant est celui qui aura formé le mot le plus long. Si son adversaire abandonne avant qu'il n'ait pu former un mot, le vainqueur devra annoncer celui qu'il souhaitait écrire ! Le perdant est « quart de singe » au premier tour, « demi singe » au deuxième échec puis « trois quarts de singe » et enfin « singe » !

SANS BAVER !

À la vitesse d'un escargot, partez avec un stylo du bout de la branche pour aller faire le tour de la feuille puis revenir à votre point de départ… sans baver ! L'encre de votre stylo ne doit pas marquer en dehors des lignes noires.

POULE MOUILLÉE !

Un orage d'été ? Qui sera cap ou pas cap… de sortir prendre sa douche sous la pluie ?

MOT MYSTÈRE

Découvrez le mot mystère en barrant dans cette grille les mots de la liste. Attention ! Les mots s'écrivent dans tous les sens et peuvent se couper.

opulence
orale
orange
oreille
orienter
orifice
originale
ortie
osciller
oser
osteopathe
otaries
otite
ovale
ovation
ovnis
oxygene
ozone

o	o	r	r	o	t	i	t	e	r	o
s	c	e	o	r	i	f	i	c	e	s
e	o	t	a	r	i	e	s	e	l	t
r	e	n	e	g	y	x	o	n	l	e
o	e	e	o	r	t	i	e	o	i	o
v	l	i	o	v	n	i	s	z	c	p
a	a	r	h	e	l	a	r	o	s	a
t	v	o	e	g	n	a	r	o	o	t
i	o	r	i	g	i	n	a	l	e	h
o	i	e	l	l	i	e	r	o	d	e
n	e	e	e	c	n	e	l	u	p	o

LIS SUR MES LÈVRES

Interdiction de mimer ou de faire le moindre bruit, vous devez seulement articuler pour que l'on puisse lire sur vos lèvres le nom d'un objet, d'une personnalité, le titre d'un film… Annoncez seulement la catégorie dans laquelle les autres joueurs doivent chercher !

LE BRUITEUR

Choisissez de faire deviner un métier, un objet, une chose, un animal… uniquement avec des bruits émanant de votre bouche. Les gestes, les mots et tout autre bruit que ceux de votre bouche sont interdits.

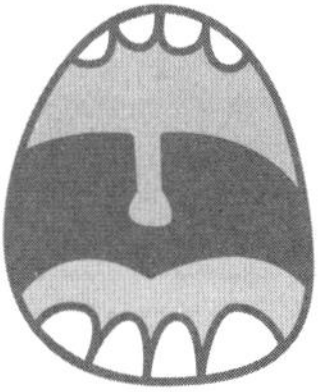

KALKULTOU

Trouvez les chiffres manquants en résolvant les opérations !

5	+		+	2	-	3	=	7
+		-		-		+		+
	-	2	+		-	8	=	0
-		+		+		-		+
7	+		+	2	-		=	9
+		-		+		-		-
	+	4	+		-	7	=	9
=		=		=		=		=
5	+	1	+	1	-	0	=	7

LES INITIALES CÉLÈBRES

Chacun votre tour, donnez les initiales d'une personnalité, les autres devront deviner de qui il s'agit !

BA BE BI… J'AI TOUT BU !

Serez-vous capable de répéter ces phrases avec de l'eau dans la bouche sans en avaler ni en recracher ?

« Sa trompe trempe trente troncs. »

« Beau galbe, belle bague. »

« Sancho cherche son chiot sous sa chaise. »

LABYRINTHES

Trouvez la sortie de ce labyrinthe.

LA GRANDE ROUE

En tournant dans le sens des aiguilles d'une montre, chacun doit donner un élément présent dans un tiroir, un placard… Celui qui sèche ou se trompe est éliminé. Le vainqueur est le dernier à pouvoir donner une bonne réponse.

COURS ET COURSE D'EAU

La pluie frappe les carreaux et des grosses gouttes perlent contre ceux-ci. Pariez sur la goutte d'eau en formation qui devrait s'échouer la première en bas du vitrage !

BOGGLE

À l'aide de ces lettres, trouvez le maximum de mots de 5 lettres et plus !

B	D	T	U
T	A	I	M
N	T	P	E
E	N	L	G

....

....

....

....

....

APRÈS LA PLUIE, LE BEAU TEMPS

Tout a une fin, même la pluie ! Coloriez un soleil et dessinez-lui un large sourire à chaque fois que la pluie aura cessé…

SOLUTIONS

ESCARGOTS À GOGO ! P.9

Réponse : 88

SUDOKU P.11

8	4	1	9	2	3	7	6	5
5	2	3	7	6	4	1	9	8
9	7	6	1	5	8	3	2	4
6	1	4	5	8	9	2	7	3
2	5	9	3	1	7	4	8	6
3	8	7	2	4	6	9	5	1
4	3	2	8	7	5	6	1	9
1	6	8	4	9	2	5	3	7
7	9	5	6	3	1	8	4	2

MOT MYSTÈRE ... P.13

Réponse : soleil

UNE BOUTEILLE À LA MER P.20

« La pluie pose à terre des miroirs à étoiles »

KALKULTOU P.22

2	+	6	-	6	+	4	=	6
-		+		+		-		-
4	+	3	-	6	+	8	=	9
+		-		-		+		+
4	-	2	+	3	+	1	=	6
+		+		-		+		+
2	-	0	+	2	-	4	=	0
=		=		=		=		=
4	+	7	-	7	-	1	=	3

MORSE P.24

Pluie menue, aucune goutte perdue

LABYRINTHES P.26

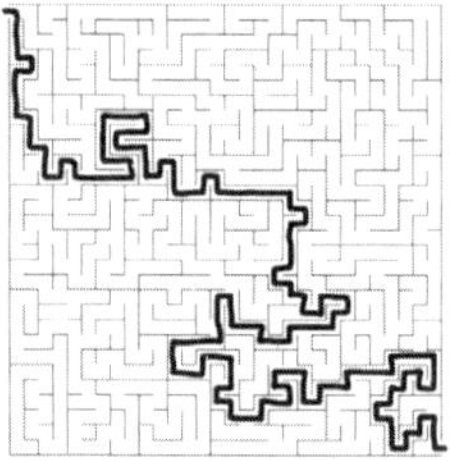

MOT MYSTÈRE ...P.30

Réponse : plage

SUDOKU P.32

4	6	8	7	9	2	1	3	5
2	3	5	6	4	1	9	7	8
1	7	9	8	5	3	6	2	4
5	8	4	2	3	6	7	1	9
3	1	7	4	8	9	2	5	6
6	9	2	1	7	5	4	8	3
7	5	1	9	6	8	3	4	2
8	4	6	3	2	7	5	9	1
9	2	3	5	1	4	8	6	7

UNE BOUTEILLE À LA MER.......... P.41

« La pluie a été inventée pour que l'homme se sente heureux sous un toit »

QUE DES PÉPINS !............P.43

Réponse : 132

KALKULTOU........P.45

7	+	3	+	1	-	3	=	8
+		-		-		+		+
1	-	3	+	8	-	4	=	2
-		+		+		-		+
4	+	4	+	2	-	5	=	5
+		-		+		-		-
1	+	3	+	6	-	2	=	8
=		=		=		=		=
5	+	1	+	1	-	0	=	7

LABYRINTHES P.51

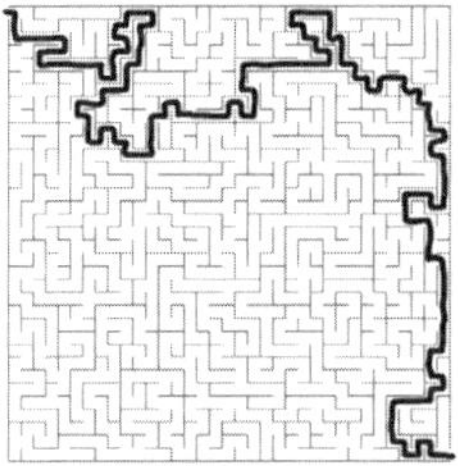

MORSE P.53

Pluie du matin ne gêne pas le pèlerin

SUDOKU P.55

7	6	4	3	1	9	2	8	5
3	5	1	2	8	7	4	9	6
2	8	9	6	4	5	1	3	7
5	4	7	1	3	8	6	2	9
9	2	8	5	6	4	3	7	1
6	1	3	9	7	2	5	4	8
4	9	6	7	5	3	8	1	2
8	7	5	4	2	1	9	6	3
1	3	2	8	9	6	7	5	4

KALKULTOU........ P.71

5	+	4	+	1	-	8	=	2
+		-		-		+		+
3	-	5	+	8	-	2	=	4
-		+		+		-		+
2	+	4	+	1	-	1	=	6
+		-		+		-		-
3	+	2	+	6	-	2	=	9
=		=		=		=		=
9	+	1	+	0	-	7	=	3

CAGOUILLE MOUILLÉE.......... P.59

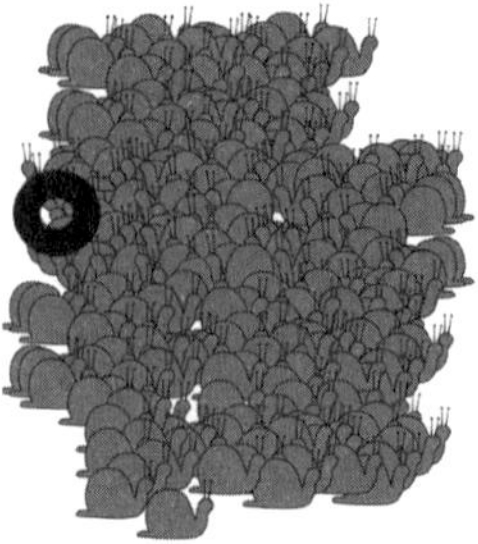

LABYRINTHES P.75

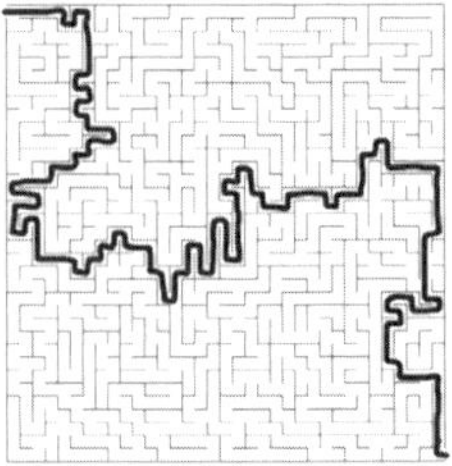

MOT MYSTÈRE ... P.64

Réponse : vacances

UNE BOUTEILLE À LA MER.......... P.77

« Chantons et dansons sous la pluie. Tant qu'elle n'est pas radioactive… »

SUDOKU P.82

2	3	5	9	4	7	6	8	1
8	1	4	6	5	2	3	9	7
9	6	7	1	3	8	4	2	5
4	8	3	2	1	6	7	5	9
6	9	1	5	7	3	2	4	8
5	7	2	4	8	9	1	3	6
1	5	6	8	2	4	9	7	3
3	2	9	7	6	5	8	1	4
7	4	8	3	9	1	5	6	2

QUE DES PÉPINS !............P.84

Réponse : 45 noirs, 40 blancs, 50 gris

PROCESSION D'ESCARGOTS.... P.91

MORSE P.93

Année de pluie, manque de fruits

KALKULTOU........P.95

7	+	2	-	4	+	2	=	7
-		+		+		-		-
4	+	1	-	4	+	7	=	8
+		-		-		+		+
1	-	4	+	2	+	3	=	2
+		+		-		+		+
5	-	1	+	3	-	3	=	4
=		=		=		=		=
9	+	0	-	3	-	1	=	5

LABYRINTHES ... P.101

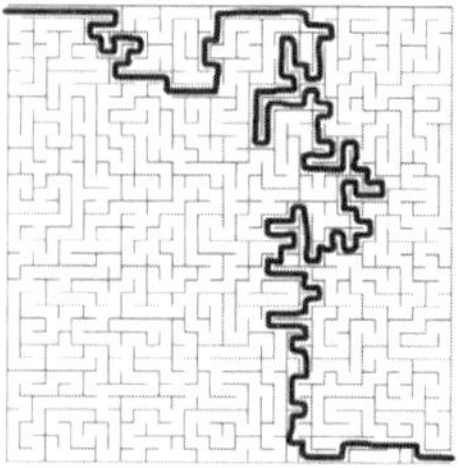

SUDOKU P.111

5	8	3	2	7	4	9	1	6
2	9	7	5	1	6	3	8	4
1	6	4	8	9	3	7	2	5
3	2	8	6	4	7	1	5	9
9	7	1	3	5	8	6	4	2
4	5	6	1	2	9	8	7	3
8	4	5	9	3	1	2	6	7
6	3	2	7	8	5	4	9	1
7	1	9	4	6	2	5	3	8

MOT MYSTÈRE ..P.102

Réponse : voyageurs

MORSE P.118

Chaque nuage ne donne pas de pluie

UNE BOUTEILLE À LA MER P.104

« Mieux vaut un bon petit froid sec qu'une mauvaise petite pluie fine. »

KALKULTOU......P.120

7	+	2	-	6	+	1	=	4
-		+		+		-		-
2	+	2	-	8	+	7	=	3
+		-		-		+		+
1	-	2	+	3	+	5	=	7
+		+		-		+		+
2	-	5	+	4	-	1	=	0
=		=		=		=		=
8	+	7	-	7	-	0	=	8

LABYRINTHES ...P.122

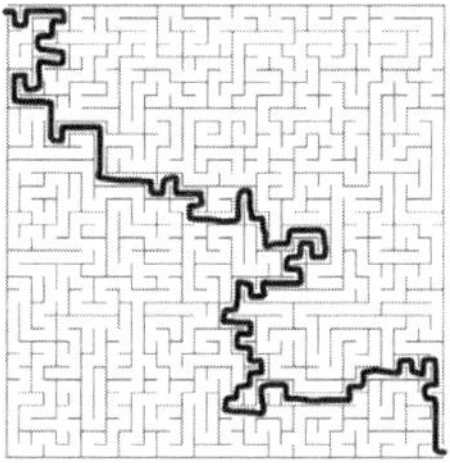

MOT MYSTÈRE ..P.124

Réponse : météorologie

UNE BOUTEILLE À LA MER.........P.126

« Les petites pluies sont longues, les tempêtes soudaines sont courtes »

C'EST QUI LE PLOMBIER ? P.127

Réponse :
365 jours x 24 heures x 60 minutes x 60 secondes = 31 536 000 secondes dans une année soit 31 536 0001/30 = 1 501 200 de fois 30 secondes dans une année.
1 501 200 x 2 ml = 2 102 400 ml d'eau dans une année soit 2 102 400/1 000 = 2 102,4 litres

QUE DES PÉPINS !..........P.130

Réponse : non car il y À 109 gouttes et 108 parapluies

SUDOKU P.132

4	3	9	2	1	5	7	8	6
1	6	2	8	3	7	9	4	5
8	7	5	4	6	9	1	3	2
7	9	3	1	2	8	6	5	4
5	1	6	7	4	3	8	2	9
2	8	4	9	5	6	3	7	1
3	5	8	6	9	4	2	1	7
6	4	1	3	7	2	5	9	8
9	2	7	5	8	1	4	6	3

LABYRINTHES ... P.145

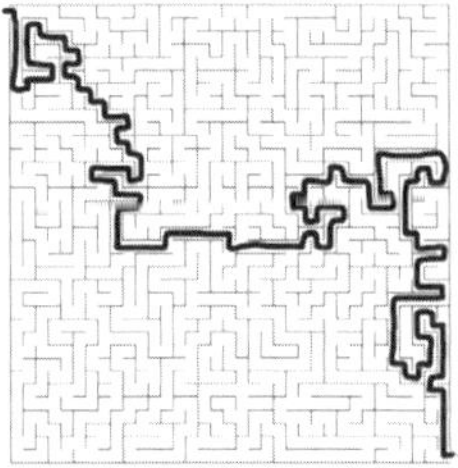

MORSE P.134

Le vent la nuit, la pluie avant midi

MOT MYSTÈRE .. P.139

Réponse : orchidée

KALKULTOU...... P.142

5	+	3	+	2	-	3	=	7
+		-		-		+		+
1	-	2	+	9	-	8	=	0
-		+		+		-		+
7	+	4	+	2	-	4	=	9
+		-		+		-		-
6	+	4	+	6	-	7	=	9
=		=		=		=		=
5	+	1	+	1	-	0	=	7

POUR CONTINUER À S'AMUSER

POUR CONTINUER À S'AMUSER

Rejoignez l'auteur
sur sa page Instagram

www.instagram.com/laurentgaulet

et Facebook :

www.facebook.com/LGaulet